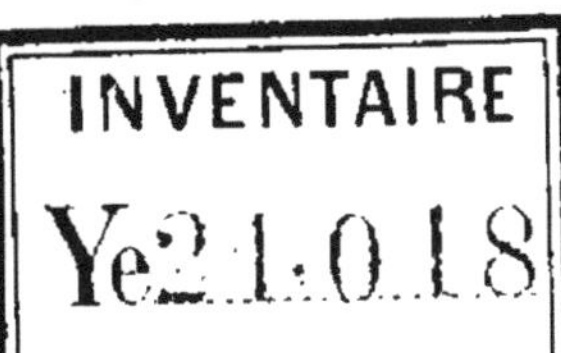

L'ECHO

DES

CHANSONNIERS

FRANÇAIS.

Coutenont un choix des meilleurs chansons
Bachiques et Grivoises.

PARIS,

B. RENAULT, ÉDITEUR.

1843.

L'ÉCHO

DES CHANSONNIERS.

L'ÉCHO

DES

CHANSONNIERS

FRANCAIS

Contenant un choix des meilleures chansons Bachiques et Grivoises.

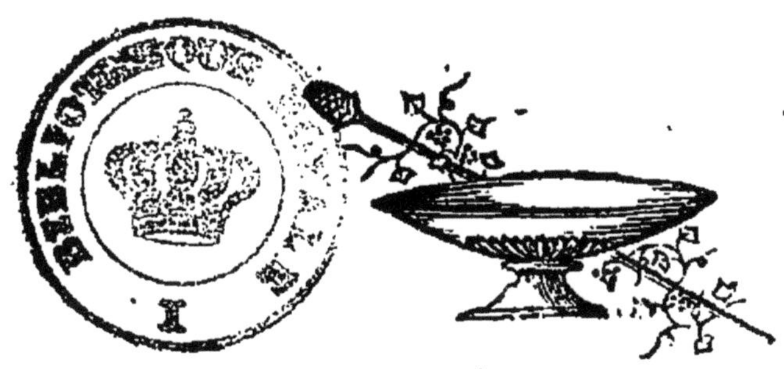

PARIS,

B. RENAUD, ÉDITEUR.

—

1843

Imprimerie de MOQUET ET HAUQUELIN,
rue de la Harpe, 90.

LE
CHANSONNIER FRANÇAIS.

LES ENFANTS DE MOMUS.

AIR : Fou, feu, monsieur Mathieu.

Vous
Tous,
Aimables fous,
Notre goguette
Vous guette;
Aux doux
Sons des glouglous,
Venez chanter avec nous.

A la porte, tout exprès,
La folie
Vous publie :
Qu'ici, sans bruit, sans apprêts,
Momus dicte ses arrêts !
Vous, etc.

Nous avons joyeuseté
Et franchise
Pour devise.

Chez nous, toujours la gaîté
Est la sœur de la santé.
Vous, etc.

Qu'*Anitus* vante à loisir
Sa morale
Doctorale !
Notre esprit ne peut saisir
Que les dogmes du plaisir.
Vous, etc.

Près du serpent, au lutrin,
Qu'une ouaille
Hurle et braille.
En ce Temple, un tambourin
Suffit pour nous mettre en train.
Vous, etc.

Fuis ! toi qui dans les sanglots,
Dans les larmes,
Vois des charmes !
Les vins coulant à grands flots,
Sont nos plus rians tableaux.
Vous, etc.

Toi ! qu'un recors mécontent,
Et menace,
Et pourchasse,

Viens ! nous prenons pour comptant,
Un refrain vif et chantant.

Vous, etc.

Aucun cagot tonsuré,
Sur notre ordre
Ne peut mordre :
Car, le ciel est assuré
Aux gens à cerveau timbré.

Vous, etc.

Ici, narguons la prison,
Puisqu'en France,
La puissance
Accorde aux gens sans raison
Une petite maison.

Vous
Tous,
Aimables fous,
Notre Goguette
Vous guette :
Aux doux
Sons des glouglous
Venez chanter avec nous.

L. Festeau.

VERSEZ DONC!

CHANSON BACHIQUE.

AIR : Ma commère, quand je danse, etc.

Quand l'amitié me convie
Dans un bachique repas;
Lorsque ma bouche est remplie,
D'où vient qu'on ne verse pas?
Mais versez donc! *(bis.)*
Moi, je bois jusqu'à la lie;
Amis, versez-moi du bon.

Tudieu!... dit dans son Olympe,
Jupin, en croisant les bras;
Au gosier la soif me grimpe;
Hébé, vous ne versez pas.
Mais versez donc! *(bis)*
Demain vous parlerez guimpe,
Aujourd'hui versez du bon.

Dans une église *Latreille*
Bâille et s'endort; mais bientôt
Une sonnette l'éveille,
Et lui de dire tout haut:

Mais versez donc ! *(bis)*
Garçon, vite une bouteille,
Une bouteille, et du bon.

Votre prophète imbécile
Vous défend un doux nectar :
Tâtez-en, disait Basile,
En convertissant Omar ;
Mais versez donc ! *(bis)*
C'est la loi de l'Évangile ;
Par Jésus, buvez du bon.

Pierre, avec sa personnière,
Buvait du *parfait amour* ;
Mais voilà-t-il pas que Pierre
N'a plus soif et reste court.
Mais versez donc ! *(bis)*
Dit la belle offrant son verre :
Versez encore, et du bon.

Aimant un peu la goguette,
Des autels un serviteur,
Aspirant au vin qu'il guette,
S'écriait avec ferveur :
Mais versez donc ! *(bis)*
Coquin, videz la burette :
Versez tout, car il est bon,

JUSTIN CABASSOL.

LE PETIT GARGANTUA.

RONDE GOURMANDE.

AIR : Quand on sait aimer et plaire.

Quand on sait manger et boire,
A-t-on besoin d'autre bien ?
Sans son ventre et sa mâchoire,
Le plus riche n'aurait rien.

La table, amante fidèle,
Eut notre premier désir,
Et du vieillard qui chancelle
Elle est le dernier plaisir.
Quand on sait, etc.

D'une science importune,
Le pédant se targue en vain ;
Où le traiteur fait fortune
Le libraire meurt de faim.
Quand on sait, etc.

Les noms si beaux de Corneille,
Démosthène et Scipion
Sonnent moins à mon oreille
Que celui d'Amphytrion.
Quand on sait, etc.

Pauvre au sein de l'abondance,
Midas, Tantale nouveau,
Eût troqué son opulence
Contre un plat de fricandeau.
Quand on sait, etc.

Si de l'amoureux manège
La fatigue me séduit,
C'est qu'elle a le privilège
De tripler mon appétit.
Quand on sait, etc.

A parcourir les deux mondes
Colomb en vain s'illustra :
Amis, des machines rondes
La plus belle la voilà (1).
Quand on sait, etc.

Le chagrin, la sombre envie
Mangent peu, n'engraissent point ;
Mais la bonté, la folie
Ont pour cachet l'embonpoint ;
Quand on sait, etc.

Si Jean-Jacque eut l'humeur aigre,
Si Panard ne boudait pas,
C'est que Jean-Jacque était maigre,
C'est que Panard était gras.
Quand on sait, etc.

(1) En se frappant le ventre.

Élevons, dans cette enceinte,
Une statue à Comus;
Et pleins d'une ferveur sainte,
Gravons-y cet *oremus* :
Quand on sait, etc.

Que la statue embrumée
Protège nos gais festins,
Et s'anime à la fumée
Et des sauces et des vins !
Quand on sait, etc.

DÉSAUGIERS.

UTILITÉ DE LA CHANSON.

AIR : Ah ! le bel oiseau, maman.

A table il faut la chanson
Pour dire
Le mot pour rire ;
A table il faut la chanson
Qu'on répète à l'unisson.

Imitons nos bons aïeux,
Les meilleures gens du monde :
Jamais de repas entre eux
Où l'on ne dit à la ronde :
A table, etc.

Chez les bourgeois, chez les grands
Dans le plus simple ménage ;
Chez vingt peuples différents,
Soit à la ville au village,
A table, etc.

Après mille vains discours
Tenus sur la politique,
Pour interrompre le cours
Des caquets, de la critique,
A table, etc.

Quand l'hymen un beau matin,
Vient unir un couple sage,
Si l'on ne chante au festin,
Qu'il est triste, un mariage!

A table, etc.

Lorsqu'Amour, ce dieu fripon,
Guide deux époux lui-même,
S'il survient un beau poupon
On chante pour son baptême.

A table, etc.

Ne faisons rien à demi;
Sans la chanson point d'ivresse,
Pour bien fêter un ami,
Une mère, une maîtresse,

A table, etc.

Certe à Bacchus elle plaît:
Elle le rend nécessaire;
On boit à chaque couplet,
Toujours on remplit son verre.

A table, etc.

Qu'importe comme autrefois,
Pourvu que l'on recommence,

Qu'on chante *Paisibles bois* (1)
Ou la plaintive romance.

A table, etc.

Que ce soit papa, maman,
Ou la tante ou la grand'mère,
Qui chante un refrain gaîment,
Ce refrain sait toujours plaire.

A table, etc.

De retour dans son salon,
Le héros couvert de gloire,
Toujours invite Apollon
Au festin de la victoire.

A table, etc.

On voit aussi le soldat,
En perçant une futaille,
Au lieu même du combat,
Chanter après la bataille.

A table, etc.

Je passe tout guilleret
Dans le quartier des guinguettes ;
Là, de chaque cabaret,
Il part maintes chansonnettes.

A table, etc.

(1) *Paisibles bois, verger délicieux*, est une très vieille chanson que nos pères chantaient souvent à table.

On sait qu'autrefois Momus,
En parcourant notre ville,
A la table de Plutus,
Conduisit le vaudeville,

A table, etc.

Qui n'aime un joyeux refrain,
Quand bien serrés, côte à côte,
On boit, on se met en train,
A la santé de son hôte?

A table, etc.

A ce banquet tous admis,
C'est elle qui nous rassemble;
Or, chaque mois, mes amis,
Nous répéterons ensemble:
A table il faut la chanson
Pour dire
Le mot pour rire;
A table il faut la chanson
Qu'on répète à l'unisson.

DUCRAY-DUMINIL.

LE TIN TIN BACHIQUE.

SERMON EPICURIEN.

—

Air : Repas en voyage, etc. (des Solitaires de Normandie.)

Refrain en chorus.

Quand nos joyeux verres
Font dès le matin
Tin tin,
Tout le jour, mes frères,
Devient un festin.

(On reprend le refrain en entier.)

Lorsque Phébus quitte
Le sein d'Amphitrite,
On court, on s'agite :
Rien ne peut m'entraîner ;
Sans inquiétude,
Ma seule habitude,
Mon unique étude
C'est... de bien déjeuner.

Quand nos joyeux verres, etc.

Ardent à la course,
Qu'un homme à ressource
S'en aille à la *Bourse*
Perdre ou gagner un sou ;
Loin de toute affaire,
Content de ma sphère,
Je n'ai rien à faire
Lorsque j'ai bu mon soû.
Quand nos joyeux verres, etc.

Malgré la sagesse,
Veut-on par adresse
Doubler sa richesse ?...
L'on meurt pauvre souvent.
N'eussé-je qu'un *rouble*,
Je le verrai *double*
Si mon œil se trouble
Le matin en buvant.

Quand nos joyeux verres, etc.

Quelquefois j'endève,
Lorsque je me lève,
D'abréger un rêve
Qui m'offrait du bon vin ;
Mais sur la fougère,
Près de ma bergère,
Je sens qu'un plein verre
Vaut mieux qu'un songe vain,

Quand nos joyeux verres, etc.

Narguant l'émétique,
Qui rend l'homme étique,
J'ai de ma pratique
Sevré la *faculté*.
Si la soif m'éveille,
Je cours sous la treille:
C'est dans ma bouteille
Que je bois la santé.
Quand nos joyeux verres, etc.

Créanciers avides,
Procureurs livides
Viennent les mains vides,
M'éveiller.... Quel délit!
Valent-ils ce groupe
De gourmands en troupe,
M'offrant une coupe
Pour boire au saut du lit?
Quand nos joyeux verres, etc.

Jour et nuit Dorante
Rime et se tourmente;
Des vers qu'il enfante
Lui-même est fatigué.
Adam.... que j'honore,
Buvait dès l'aurore,
L'on répète encore
Son refrain vif et gai.
Quand nos joyeux verres, etc.

Deux rivaux qu'agite
La froide Brigitte,
Désertant leur gîte,
Vont se couper le cou....
Bacchus en goguette
Près du bois les guette :
Voici la guinguette;
Mes gens vont boire un coup....
Quand nos joyeux verres, etc.

Assis près d'Ursule,
Thomas par scrupule,
Longtemps dissimule
Son amoureux transport;
Le vin qui pétille
Rend la force au drille....
Il l'ôte à la fille....
Nos amants sont d'accord.
Quand nos joyeux verres, etc.

Bacchus fortifie
La philosophie;
Sa gaîté défie
Les plus sombres *Catons*.
Celui qui sait boire
Se rit de la gloire,
Brave l'onde noire....
Buvons donc.... et chantons.

Quand nos joyeux verres
Font dès le matin
Tin tin.
Tout le jour, mes frères,
Devient un festin.

LE MÊME.

LE PAN PAN BACHIQUE.

POUR FAIRE SUITE A LA CHANSON PRÉCÉDENTE.

—

Même air que le précédent

Lorsque le Champagne
Fait, en s'échappant,
Pan pan.
Ce doux bruit me gagne
L'âme et le tympan.

Le Mâcon m'invite,
Le Beaune m'agite,
Le Bordeaux m'excite!
Le Pomard me séduit ;
J'aime le Tonnerre,
J'aime le Madère ;
Mais par caractère,
Moi, qui suis pour le bruit...
Lorsque le Champagne, etc.

Quand, aidé du pouce,
Le liège que pousse
L'écumante mousse

ute et chasse l'ennui,
Vite je présente
Ma coupe brûlante,
Et gaîment je chante
sautant avec lui :

Lorsque le Champagne, etc.

Qu'Horace en goguette,
Courant la guinguette,
Verse à sa grisette
Falerne si doux ;
S'il eût, le cher homme,
Connu Paris comme
Il connaissait Rome,
eût dit avec nous :

Lorsque le Champagne, etc.

Panard, notre maître,
Dut au doux bien-être
Que ce jus fait naître,
sel de ses bons mots ;
Et l'auteur unique
Du Roman comique
Dut à ce topique
oubli de tous ses maux.

Lorsque le Champagne, etc.

Maîtresse jolie
Perd de sa folie,
Se fane et s'oublie,

Victime des hivers ;
Mais ma Champenoise,
Grise comme ardoise,
En est plus grivoise
Et me dicte ces vers :
Lorsque le Champagne, etc.

De ce véhicule
Où roule et circule
Maint et maint globule,
Si le feu me séduit,
C'est que de ma tête,
Qu'aucun frein n'arrête,
L'image parfaite
Toujours s'y reproduit.
Lorsque le Champagne, etc.

Quand de la folie
La vive saillie
S'arrête affaiblie
Vers la fin du banquet,
Qui vient du délire
Remonter la lyre ?
Du jus qui m'inspire
C'est le divin bouquet.
Lorsque le Champagne, etc.

Pour calmer la peine,
Adoucir la gêne,
Éteindre la haine
Et dissiper l'effroi,

Que faut-il donc faire ?
Sabler à plein verre
Ce vin tutélaire,
chanter avec moi :

Lorsque le Champagne
Fait en s'échappant
Pan pan,
Ce doux bruit me gagne
L'âme et le tympan.

DESAUGIERS.

CHANSON A BOIRE.

Air : Un jour le frère Pancrace.

Mes amis, prêtez l'oreille !
Verse moi, dieu de la treille,
Ta liqueur douce et vermeille.
Apollon, garde ton eau ;
C'est le bon vin qui m'inspire,
Il échauffe mon délire ;
Une bouteille est ma lyre,
Et mon parnasse un tonneau.

Je ne connais qu'un grand homme,
Et c'est Noé qu'il se nomme :
A ce saint que mon cœur chôme
J'ai juré dévotion.
Noé, dont l'humeur bénigne
Nous enrichit de la vigne,
Bien mieux qu'un autre était digne
D'un brevet d'invention.

Dans la sainte galerie
Il est une allégorie,
De tout ivrogne chérie ;
En voici les sens divin ·

La mer Rouge qu'a soumise,
La baguette de Moïse,
N'était, s'il faut qu'on le dise,
Qu'un fleuve d'excellent vin.

La religion antique
Me semble assez poétique ;
Mais elle est trop aquatique,
Et c'est un triste tableau,
De Jouvence et d'Hypocrène
Je prise peu la fontaine ;
Je vois surtout avec peine
Tantale le bec dans l'eau.

Le Phlégéton redoutable
Et le Styx épouvantable
N'ont rien de fort délectable,
N'en déplaise à Jupiter.
Dans sa rigueur incroyable,
Le destin impitoyable,
Pour qu'il soit plus effroyable,
A mis de l'eau dans l'enfer.

C. Millevoye.

LA TABLE.

AIR de la croisée.

Si j'en crois ce qu'en chaire on dit,
Nos dévots aiment l'abstinence;
Sot qui, par sa faute, maigrit,
Moi, j'aime à m'arrondir la panse.
Aux plats bien fournis, au bon vin,
Selon moi, rien n'est préférable;
Je voudrais toujours avoir faim
Et toujours être à table.

Amis, ce banquet enchanteur
Est bien fait pour que je m'y plaise;
Mon esprit, mon ventre et mon cœur
Avec vous sont fort à leur aise.
Des dieux je ne suis point jaloux;
Morceaux friands, voisine aimable!
Ma foi, Jupiter, entre nous,
N'a pas meilleure table.

Ici, quand le dessert paraît,
Doux aveux, gentil babillage,
Saillie heureuse, tout ça naît
Entre la poire et le fromage.

Liqueurs fines, vins délicats,
Sèment un fumet délectable,
Et Momus riant aux éclats,
Accourt se mettre à table.

Craignons du plus gai des séjours
De parler de faire retraite;
Moments de bonheur sont si courts!
De Momus prolongeons la fête,
Avec Bacchus restons ici,
Et rendons le plaisir durable,
Ensemble, puissions-nous ainsi
Vivre et mourir à table.

E.-C. PITON.

LE VIN

AIR : Les gueux.

Du vin, du vin,
Versez, versez plein,
Chantons, verre en main :
Vive le vin!

Au Parnasse, quand je monte,
Je bois durant le trajet;
Je veux, je le dis sans honte,
Être plein de mon sujet.
Du vin, etc.

Si Dieu, pour le premier homme,
Eût construit un cabaret,
Adam n'eût pas pris la pomme :
Avec nous il trinquerait,
Du vin, etc.

Fléau de l'humaine espèce,
L'eau, dit-on, a tout détruit;
Et, malgré son droit d'aînesse,
L'eau ne m'a jamais séduit.
Du vin, etc.

A la piste des nouvelles,
J'interroge les journaux :
Les vignes produiront-elles ?...
A-t-on rempli nos tonneaux ?...
Du vin, etc.

Sans connaître la chimie,
De bien boire sachons l'art ;
L'élixir la longue-vie
Se trouve dans ce nectar.
Du vin, etc.

Des maux pour guérir la foule
Hippocrate a fait des lois ;
Il ordonne qu'on se soûle
Au moins une fois par mois.
Du vin, etc.

Socrate, Platon, Aristote,
Ces sages qu'on vante tant,
Buvaient, l'histoire en tient note :
Pourquoi n'en pas faire autant ?
Du vin, etc.

Esope, au caveau de Xante,
Sans faire le moindre bruit,
A boire avec la servante
Passait fort souvent la nuit.
Du vin, etc.

Fi de la sotte cabale
Des Caton, des Lamennais !
Moi je puise ma morale
Dans Horace et Rabelais.
Du vin, etc

De l'amitié, sous la treille,
Le lien devient plus fort;
Plus d'un gai refrain s'éveille,
Et notre chagrin s'endort.
Du vin, etc.

L'usurier, de son grimoire
Tâchant de nous enjôler,
Calcule, la nuit, sans boire;
Moi, je bois sans calculer,
Du vin, etc.

Par ses filles en délire
Loth fut grisé tellement.
Qu'il leur fit... ce qu'on peut lire
Dans notre Ancien Testament.
Du vin, etc.

Sans brusquer une fillette,
Moi, j'attends patiemment
Qu'elle soit bien en goguette
Pour pousser mon argument,
Du vin, etc.

Suis-je dupe de l'ingrate?
J'ai recours à ce doux jus;
Je m'enivre, et je me flatte
De bien dormir là dessus.

Du vin, etc.

Si Satan chez lui m'emporte,
Versez du vin sans douleurs ;
Que par les yeux il vous sorte.
Je ne veux point d'autres pleurs.

Du vin, etc.

Vous graverez sur ma pierre,
Non que j'ai trop peu vécu,
Non une vaine prière ,
Mais ces mots : Il a bien bu !

Du vin, du vin,
Versez, versez plein,
Chantez, verre en main ;
Vive le vin !

LE POUVOIR DU VIN.

GRANDE RONDE.

A BOIRE, A CHANTER, A DANSER, A FAIRE TOUT CE QU'IL VOUS PLAIRA.

AIR : Ah ! le bel oiseau, vraiment,
Ou : pour étourdir le chagrin
(de la Danse interrompue.)

CHOEUR.

Mes amis, buvons, buvons ;
Le vin m'enchante,
Et je chante :
C'est au vin que nous devons
Les plaisirs que nous avons.

Tous ces faiseurs de pamphlets
Ont beau se casser la tête ;
Et, morbleu! tous leurs feuillets
Valent-ils une feuillette.
Mes amis, etc.

Quoique le latin soit beau,
Plus d'un moderne Grégoire

N'entend pas le mot *bibo*,
Mais il entend le mot *boire*,
Mes amis, etc.

Un Crésus compte à loisir
L'or dont son âme est avide ;
Les flacons me font plaisir :
Sans les compter je les vide.
Mes amis, etc.

Au savant qui lit aux cieux
Un long tube est nécessaire ;
Pour sabler le vin mousseux
On n'a besoin que d'un verre.
Mes amis, etc.

Le dimanche aux Porcherons
Que de tonnes sont entrées
Dans le cou des bons lurons
Sans payer les droits d'entrées.
Mes amis, etc.

Salomon, qu'on chante en chœurs,
S'égayait avec les dames ;
Pour attaquer trois cents cœurs,
Il a grisé trois cents femmes.
Mes amis, etc.

Ce roi qu'on vante beaucoup,
David, pour se mettre en marche,
Avait bu son petit coup
Quand il dansa devant l'arche.
Mes amis, etc.

Job mourut sur un fumier,
Et c'est un trépas sans gloire ;
S'il fût mort dans un cellier,
On chanterait sa mémoire.
Mes amis, etc.

On dit que Tobie enfin
En priant perdit la vue ;
N'est-ce pas plutôt le vin
Qui lui donnait la *berlue* ?
Mes amis, etc.

Saint Jean, dans l'eau du Jourdain,
Baptisait les hérétiques ;
Si c'eût éte dans le vin
Qu'il eût fait des catholiques !
Mes amis, etc.

Pour les vierges, entre nous,
N'allons pas brûler un cierge ;
Buvons onze mille coups,
C'est un coup pour chaque vierge ;
Mes amis, etc.

On boit pour faire un fagot ;
On boit pour faire une pièce ;
On boit pour dire un bon mot ;
On boit pour dire la messe.
Mes amis, etc.

Dussions-nous être étourdis,
A grands flots que le vin coule :
Que risquons-nous, mes amis ?
Ne peut-on marcher....on foule.

Mes amis, buvons, buvons ;
Le vin m'enchante,
Et je chante,
C'est au vin que nous devons
Les plaisirs que nous avons.

M. Brazier

UNE BACCHANALE.

Air : Trottant, toujours trottant.

Choquons
Verres, flacons,
Bacchus l'ordonne
Par les vins qu'il nous donne.
Que, dans chaque refrain,
Soif et gaîté ne trouvent pas de frein.

Parlez-moi des fêtes
Que nos vieux prophètes
Adressaient aux cieux,
A celui des cieux
Qui, faveur insigne,
Nous transmit la vigne,
Dont le fruit divin
Se transforme en vin.
Choquons, etc.

Cicéron raconte
Que la Fable compte
Cinq Bacchus, c'est bien ;
Mais pour notre bien,

Même une trentaine.
Même une centaine,
Ne garniraient pas
Assez d'échalas.
Choquons, etc.

En ouvrant la table,
Plaisir ineffable!
J'y vois, par Bacchus,
Les Indiens vaincus ;
Et las de la gloire,
Après la victoire,
J'y vois ces lurons
Etre vignerons.
Choquons, etc.

Parmi les Bacchantes,
Vives et piquantes,
J'aurais cru jadis
Etre en paradis ;
Et, comme Silène,
Sans reprendre haleine,
D'une tonne enfin.
J'aurais vu la fin.
Choquons, etc.

Vous que rien n'étonne,
Assis sur la tonne,

Thyrse et coupe en main
Jusques à demain,
Voulez-vous m'en croire,
Chantez pour mieux boire ;
Puis, pour chanter mieux,
Buvez le vin vieux.
Choquons, etc.

Pendant la vendange,
Le raisin qu'on mange
Est un meurtre, car
Il nous ôte un quart
Du jus délectable
Que, sur cette table,
Eût mis l'échanson
Pour chaque chanson.
Choquons, etc.

Sans que rien me gêne
Nouveau Diogène,
Je veux d'un tonneau,
Faire mon tombeau,
Et que par la bonde,
Le Bourgogne abonde,
Afin d'être rond
Pour revoir Piron.

Choquons
Verres, flacons,
Bacchus l'ordonne
Par les vins qu'il nous donne ;
Que, dans chaque refrain,
Soif et gaîté ne trouvent pas de frein.

ÉMILE COTTENET.

LA CLOCHETTE DU CABARET.

Air : de Notre dame du Mont-Carmel.

Quel bruit joyeux frappe mon oreille!
Tout bon vivant l'a reconnu :
Chers amis, courons sous la treille,
Du plaisir l'instant est venu,
Pour rire ensemble à la buvette,
Recrutons nos aimables fous ;
Car c'est le bruit de la clochette
Qui nous appelle au rendez-vous.

De ces lieux où naquit l'ivresse,
Nous connaissons seuls le chemin,
C'est le temple de la tristesse
Pour l'ennemi du genre humain.
Voyez loin de notre retraite
S'enfuir les enfants, les jaloux :
Sonnez fort, sonnez la clochette
Ils ne sont pas du rendez-vous.

Sachons profiter de la vie,
Car bientôt nous serons grisons ;
Momus en ce lieu nous convie,
Donnons l'essor à nos chansons.

Mais là bas, j'aperçois Lisette,
A l'air fripon, aux yeux si doux ;
Sonnez fort, sonnez la clochette
Pour qu'elle vienne au rendez-vous.

Sur le grabat de l'indigence
Que décore un noble laurier,
Voyez-vous rêver, en silence,
Ce brave et malheureux guerrier ?
De tous les beaux jours qu'il regrette
La gloire a rejailli sur nous ;
Sonnez fort, sonnez la clochette,
Il doit être du rendez-vous.

Nous avons réuni, j'espère,
L'amour, la gloire et la gaîté,
Attendons l'avenir prospère
Que promet la liberté.
Pour égayer notre musette,
Au bruit des flonflons, des glouglous,
Laissez reposer la clochette,
Nous sommes au rendez-vous.

MORISSET.

LE BONHEUR AU CABARET.

AIR ; Fidèle époux, franc militaire.

Le bonheur est-il sur la terre?...
Non; plus d'un sage nous le dit :
Croyez que c'est une chimère
Que chacun convoite et poursuit.
De le chercher moi je me lasse;
On croit l'atteindre, il disparaît!.....
Pourquoi changerais-je de place,
J'en vois l'image au cabaret!

Dieu des buveurs, sous ta puissance,
Je veux pour toujours m'engager :
Les ris, les jeux, par ta présence,
Parmi nous viennent voltiger.
Les coups de l'aveugle fortune,
Contre nous n'ont aucun effet.
Regrets chagrins, crainte importune
N'entrent jamais au cabaret!

Vous, qui faites la cour aux belles,
Pour rêver un double bonheur,
Venez folâtrer avec elle,
En savourant cette liqueur :

Quand Bacchus, dans son joyeux temple,
A Vénus prépare un banquet,
Venez tous boire, à notre exemple
Au dieu qui règne au cabaret!

Plus d'un souci vous indispose,
Les traits d'Amour vous font souffrir ;
Emoussez les dards que la rose
A jeun peut vous faire sentir.
Imitez-nous, je le repète:
De jouir sachez le secret ;
Chaque jour est une fête,
Quand on le passe au cabaret!

Et vous dont la main s'est armée
Pour la conquête d'un grand nom
Votre bonheur est la fumée
Qui s'échappe au bruit du canon.
Munissez-vous chacun d'un verre,
Quittez la lance et le mousquet,
Pour être heureux, faites le guerre
Comme on la fait au cabaret!

Nourrissons du dieu de la treille,
Amis, qu'ici je reconnais ;
Rendez grâce à votre bouteille,
Comme elle enlumine vos traits!....

Transports joyeux, vive allégresse,
Nous peignent le bonheur parfait ;
Ah ! pour prolonger notre ivresse,
Restons toujours au cabaret !

E.-C. Piton.

MA BOUTEILLE.

CHANSONNETTE.

AIR : Turlurette, ma tanturlurett e.

J'adore un objet parfait ;
Voulez-vous savoir quelle est
Cette amante sans pareille ?
Ma bouteille, (*bis*)
Ma chère bouteille.

Qu'en dormant un amoureux
Rêve l'ojet de ses vœux ;
Je rêve, quand je sommeille,
Ma bouteille, etc.

Qu'en s'éveillant un peu tard,
Climène prenne son fard ;
Moi je prends, quand je m'éveille.
Ma bouteille, etc.

Qui rend mon esprit joyeux,
Qui me fait porter au mieux,
Qui rend ma face vermeille
Ma bouteille, etc.

Qu'un roi sous un dais assis,
Tienne un sceptre de rubis,
Je tiens, assis sous la treille,
    Ma bouteille, etc.

Que deux monarques puissants
Vident de longs différends ;
Pour moi, je vide à merveille
    Ma bouteille, etc.

Que tous nos froids beaux esprits
Aillent quêter des avis ;
Savez-vous qui me conseille ?
    Ma bouteille,
Ma chère bouteille.

M. Théaulon.

LA MOUSSE.

CHANSONNETTE.

—

AIR ; Du corbillard.

Ami des plaisirs et des jeux
Que Bacchus accompagne,
J'aime ce vin prompt et mousseux,
L'honneur de la Champagne :
Le voyez-vous dans le flacon
Bouillonner sans secousse?
Tandis qu'il chasse le bouchon.
Je vais chanter *la mousse*.

C'est lorsqu'elle part à grands flots
Que l'esprit se réveille :
Elle fait jaillir les bons mots
Du sein de la bouteille....
Et d'un tendron sourd au plaisir
L'humeur devient plus douce.
Quand vers son ame le désir
S'élance avec *la mousse*.

Si *la mousse* chère à Bacchus
Obtient mon juste hommage,

Celle qui germe pour Vénus
Me plaît bien davantage,
Loin de tout regard indiscret,
Dès qu'à l'ombre elle pousse,
L'amour malin court en secret,
Folâtrer sur *la mousse.*

Mon sort vaut bien le sort des rois
Quand je tiens ma bergère,
En jupon court au fond d'un bois,
Sur *la mousse* légère :
Nargue des beaux appartements
Où le plaisir s'émousse !
Le trône des heureux amants,
Est un tapis *de mousse.*

Ici-bas toujours je me plus
A courtiser les belles ;
Je veux, quand je ne serai plus,
Me retrouver près d'elles.
Passants, de mon dernier séjour
Que rien ne les repousse !
Sur ma tombe, au nom de l'amour,
Laissez croître *la mousse !*

ARMAND-GOUFFÉ.

À BACCHUS.

PRIÈRE D'UN AAMNT MALHUERTUX

AIR : Je suis la petite Bergère.

O! toi qui nous donnes des forces
Contre les tourments de l'amour,
Qui fais mariages, divorces,
La paix, la guerre tour à tour;
Calme la douleur que j'endure,
Viens, Bacchus, viens me secourir,
De mon cœur ferme la blessure :
Verse à boire ou je vais mourir !

En amour tu n'es pas novice,
D'Ariane, amant fortuné ;
Hélas! moi, j'adore Clarice,
Son cœur à Linval est donné.
Viens, que ta liqueur enivrante
Loin d'elle puisse m'endormir,
Eteins ma flamme dévorante,
Verse à boire, ou je vais mourir.

D'un amant qu'amour désespère
Toi seule apaise les ennuis :
Tu fermes sa triste paupière,
Il goûte le repos des nuits ;
De la raison l'éclat me gêne,
Dieu des treilles, viens l'obscurcir;
Endors mon espoir et ma peine ;
Verse à boire, ou je vais mourir.

E.-C. Piton.

CHANSONNETTE.

AIR : Dans la vigne à Claudine.

J'aime à boire à bien vivre ;
Mais je soutiens toujours,
Qu'à grand tort on s'enivre
Une fois tous les jours.
Pourtant, quoique l'on dise
Contre tous les grivois,
Il est bon qu'on se grise
Une fois tous les mois. (*ter.*)

L'homme sans prévoyance
Craignant des jours trop courts,
Fait ripaille et bombance
Une fois tous les jours.
Bientôt il se ruine,
Et se trouve aux abois ;
Bien heureux quand il dîne
Une fois tous les mois.

Bravant de la sagesse
Les conseils, les discours
L'amant voit sa maîtresse
Une fois tous les jours.
L'Epoux envers sa femme
Devenu des plus froids,
Dit bonjour à la dame
Une fois tous les mois

Vainement de sa muse
Invoquant le secours,
Maint auteur qui s'abuse
Rimaille tous les jours.
Le dieu de la goguette,
Momus, sage parfois,
Permet la chansonnette
Une fois tous les mois.

M. Coupart

CHANSON BACHIQUE.

AIR : Un chanoine de l'Auxerrois.

On dit que le grave Apollon,
Pour inspirer un nourrisson,
Se fait tirer l'oreille :
Moi, quand je tiens le verre en main,
Je le vois accourir soudain
Auprès de ma bouteille,
S'enivrer de ce jus charmant,
Monter au Parnasse en chantant :

Eh! bon, bon, bon.
Que le vin est bon!
A ma soif j'en veux boire.

Lorsque, pour punir l'univers,
L'eau se précipita des airs,
Les vagues écumantes
Noyèrent l'homme dans leur sein.

Ah ! s'il eût nagé dans le vin,
Ses lèvres expirantes
Auraient formé ce doux accent :
Mourons, mais mourons en chantant,
Eh bon, bon, etc.

Patriarches d'avant Noé,
Vous avez trop tôt habité
Une terre ignorante.
Si vous aviez plus tôt connu
Ce joli petit bois tortu
Dont le jus nous enchante,
Vous auriez, dans un doux transport:
Dit, en bénissant votre sort,

Eh bon, bon, bon...
Que le vin est bon :
A ma soif j'en veux boire.

L'abbé Patin.

ORGIE MILITAIRE.

Air de M. Chardini.

Voulez-vous suivre un bon conseil ?
Buvez avant que de combattre.
De sang-froid je vaux mon pareil ;
Mais quand je suis gris j'en vaux quatre.
Versez donc, mes amis, versez ;
Je n'en puis jamais boire assez.

Comme ce vin tourne l'esprit !
Comme il vous change une personne !
Tel qui tremble s'il réfléchit,
Fait trembler quand il déraisonne.
Versez donc, mes amis, versez ;
Je n'en puis jamais boire assez.

Ma foi, c'est un triste soldat
Que celui qui ne sait pas boire ;
Il voit les dangers du combat ;
Le buveur n'en voit que la gloire.

Versez donc, mes amis, versez ;
Je n'en puis jamais boire assez.

Cet univers, oh ! c'est très beau !
Mais pourquoi, dans ce bel ouvrage,
Le Seigneur a-t-il mis tant d'eau ?
Le vin me plairait davantage.
Versez donc, mes amis, versez ;
Je n'en puis jamais boire assez.

S'il n'a pas fait un élément,
De cette liqueur rubiconde,
Le Seigneur s'est montré prudent ;
Nous eussions desséché le monde.
Versez donc, mes amis, versez ;
Je n'en puis jamais boire assez.

M. FABIEN PILLET.

Le Congrès des Ivrognes.

AIR : Comme faisaient nos pères.

Laissons en paix les potentats,
Ainsi que leurs ministres ;
Sur leurs projets sinistres
N'ouvrons plus les yeux des États.
Sous une treille
Lourde et vermeille
Asseyons-nous, armés d'une bouteille ;
De roi Silène aura l'emploi,
Et ce prince de bon aloi
En bégayant nous dictera la loi,
Laissez-là vos besognes ;
Accourez, rouges trognes ;
On rit toujours au congrès des ivrognes.

N'endossons plus l'habit de cour ;
Momus l'a pris en grippe,
Et Lisa, qui le frippe,
L'a bien souvent trouvé trop court.

Qu'une capote
Leste et falote
Au gré des vents sans prétention flotte.
Bacchus, Amour, ces chenapans
Se glisseront en vrais serpens,
L'un dans la poche et l'autre sous les pans.

Laissez là, etc.

Du prix le courage s'éteint :
Faisons donc quelques guerres
Mais de combats vulgaires
Ne fatiguons pas le destin,
Buveurs insignes,
Vauriens indignes.
Du vieux tokai, vite, occupons les vignes ;
Et que ses gardiens effrayés,
Par le champagne foudroyés,
Perdent la tête et roulent à nos pieds.

Laissez là, etc.

Pour maintenir nos arsenaux
Dans un juste équilibre,
Qu'on triple le calibre
Et des barils et des tonneaux

Pour nos batailles,
Que de murailles
Les vieux canons nous servent de futailles.
Et s'il nous fait, le doux cristal,
Trembler sur notre piédestal,
Du Clos-Vougeot formons un hôpital.

Laissez là, etc.

Si parfois un peuple voisin
Contre nos lois s'escrime,
Pour un si léger crime
N'allons pas brûler son raisin.
Car l'excellence
D'une puissance
Se prouverait fort mal à coups de lance;
Rouge ou blanc, pur ou frelaté
Que tout le vin soit respecté!
Que l'on se grise et jeûne en liberté

Laissez là, etc.

Pour affranchir les vins brûlants
Et de Sparte et d'Athènes,
De forêts par centaines
Que nos bras soient étincelants.

Des rois ignares
Les vœux bizarres
Sont vainement en faveur des barbares;
Nous qui vivons sous un Bourbon,
Verrons-nous réduire en charbon
Un vieux pays où le vin est si bon ? [1]
Laissez là, etc.

Enfin, détachant les maillons
D'une chaîne brisée,
A l'Europe épuisée
Arrachons ses derniers bâillons.
Si quelques princes
S'armaient de pinces
Pour resceller les fers de leurs provinces,
Avant que l'anneau soit rivé
Armons-nous d'un vin éprouvé;
Grisons les rois, et le monde est sauvé.

Laissez là vos besognes;
Accourez, rouges trognes :
On rit toujours au congrès des ivrognes.

LE MÊME.

RONDE BACHIQUE.

AIR. Amis, trinquons, etc.

Fêtons Bacchus !
Que son doux jus
En goguette
Nous mette !
Chantons, sans bruit,
Dans ce réduit
Où Momus nous conduit !

La politique a dispersé
Du bon Momus la joyeuse famille,
Dans Paris les *chants ont cessé ;*
On chante encor à la Courtille.

Fêtons Bacchus ! etc.

Chantres du vin et des amours,
Couplets grivois proscrits au Vaudeville,
Gaudrioles, gais troubadours,
C'est ici votre Champ-d'Asile.

Fêtons Bacchus ! etc.

Redoutant jusqu'à son voisin,
Se méfiant d'un accès de franchise,
A la cour on trempe son vin..
Avec nous, sans crainte, on se grise.
Fêtons Bacchus! etc.

La sottise, dans les couleurs,
Trouve un sujet de discorde ou de guerre
Ici, tour à tour, nos buveurs
Les font refléter dans leur verre.
Fêtons Bacchus! etc.

Du lis, qui jette un doux éclat,
Pour nous, l'Aï prend la teinte discrète
Le Clos Vougeot prend l'incarnat
Et le goût de la violette.
Fêtons Bacchus! etc.

D'un laurier qui sent le fagot,
Dans un salmis nous prisons l'aromate;
Et l'ail, chanté par un cagot,
Dans un gigot saignant nous flatte.
Fêtons Bacchus! etc.

A l'homme à jeun, trop pointilleux,
Comme elles sont, les choses vont paraître,
Qu'il boive, aussitôt à ses yeux,
Tout paraît comme il devrait être.

Fêtons Bacchus ! etc.

Or, pour bien agir, il convient,
En attendant le mieux dont on nous berce
De prendre le temps comme il vient,
Et le vin tel qu'on nous le verse.

Fêtons Bacchus !
Que son doux jus,
En goguette
Nous mette !
Chantons sans bruit,
Dans ce réduit
Où Momus nous conduit.

A. Saint Gilles.

MA CHANSON,

ou

L'INSPIRATION BACHIQUE.

Air : Dam' ma mère, est-c'que j'sais ça.

J'etais hier sur ma porte,
Cherchant un refrain joyeux ;
Mon vieux serviteur m'apporte
Certain flacon de vin vieux :
Son doux parfum me réveille ;
Alors gai comme un pinçon,
En commençant ma bouteille,
Je commence ma chanson. (*bis*)

Bientôt ma verve s'allume ;
Bacchus me rend troubadour,
Et du verre et de la plume
Je m'escrime tour à tour ;

Par une double merveille,
J'expédie à l'unisson,
La moitié de ma bouteille,
La moitié de ma chanson.

Plus je bois, plus je m'enflamme ;
J'écris, je suis inspiré ;
Et la chaleur de mon ame
Dans mes vers passe à mon gré.
Mortel, prêtez-moi l'oreille,
Et retenez ma leçon !...
Ici finit ma bouteille,
Ici finit ma chanson.

ARMAND-GOUFFÉ

Chacun fait l'Amour à sa manière.

—

Air : Quoi ! ma voisine, es-tu fâchée.

Que vous paraissez aimable
Le verre en main !
Chère Iris, demeurons à table
Jusqu'à demain ;
Si le petit dieu de Cythère,
En est jaloux,
Bacchus saura nous satisfaire ;
Qu'y perdrez-vous?

Ces fameux héros de la Grèce,
Dans leurs tournois,
Entreprenaient pour leurs maîtresses
De grands exploits.
Je soutiens, malgré leurs prouesses
Qu'ils étaient fous ;
Ils se battaient pour des tigresses...
Je bois pour vous.

Le maître des dieux, en tendresse
  Toujours nouveau,
Devenait pour une maîtresse,
  Cygne ou taureau ;
Pour suspendre beauté royale (1)
  Il fit l'époux,
Hercule fila pour Omphale...
  Je bois pour vous.

(1) Alcmène.

SANS CHAGRIN.

AIR. Allez-vous en, gens de la nôce.

Ma jeune maîtresse et mon verre
Seuls me procurent d'heureux jours.
Que je plains cet homme sévère
Qui fuit le vin et les amours.
Ma Lisette est fraîche et jolie,
De bourgogne mon verre est plein.
Jamais d'chagrin ! (*bis.*)
Au diable la mélancolie !
Toujours en train,
C'est mon refrain.

Fi d'une maîtresse superbe
Qu'on ne sait par quel bout toucher !
Avec ma Lisette, sur l'herbe,
Chaque jour me voit trébucher.
Partout au gré de mon envie
Je chiffonne et porte la main.
Jamais d'chagrin ! etc.

Quand l'horizon se décolore
J'entonne de joyeux propos.
Souvent les rayons de l'aurore
Me surprennent parmi les pots.
J'aime à tarir jusqu'à la lie
Du jus qui rend mon front serein,
Jamais de chagrin ! etc.

S'il nous faut en venir aux prises
Pour défendre notre pays,
L'étranger en verra des grises
Si je peux le joindre étant gris,
En chantant je m'avance !... il plie !
Il est vaincu !... vive le vin !
Jamais d' chagrin ! etc.

Il se peut fort bien qu'on me coupe
Quelque membre avant mon trépas ;
Mais au moins, pour remplir ma coupe,
Dieu, daigne me laisser un bras !
Gai, je reverrai ma patrie
Avec deux jambes de sapin.
Jamais de chagrin ! etc.

Riant de l'austère sagesse,
Qui n'a que de tristes désirs,
Je veux, dans ma joyeuse ivresse,
Donner tous mes jours aux plaisir,

Que vois-je, ô dieux!
Quel fantôme vient à mes yeux
Mouiller ses doigts dans mon vin vieux
C'est la Parque qui mes jours file;
File, bon vin, doucement file.
Tant que mon bon vin durera,
Pour moi la Parque filera.

DUFRESNE.

Les Plaisirs du Dimanche.

—

AIR : Nous n'avons qu'un temps à vivre.

Vive, vive le dimanche !
Vieil enfant du carnaval,
De la gaîté vive et franche
Ce beau jour donne le signal.

Jeunes et vieux, de leur demeure
S'empressent de déloger,
Et le même instant sonne l'heure
De la messe et du berger.

Vive, etc.

Réunis en grande famille,
Ce jour-là nos bons lurons
Vont chanceler à la Courtille,
Et tomber aux Porcherons.

Vive, etc.

Javote, désertant la halle,
  Court étaler à Clichi
Son déshabillé de percale,
  Que la veille elle a blanchi.

Vive, etc.

L'ouvrier promène sa femme
  Du Bon Coin au Soleil d'Or,
Du Soleil d'Or au mélodramme,
  Où le couple heureux s'endort.

Vive, etc.

Le laquais dédaignant sa veste,
  Se déguise en habit neuf,
Et l'homme de bien, plus modeste
  Brosse son habit d'Elbeuf.

Vive, etc.

Le marchand, muni d'une assiette,
  Et d'un petit vin nouveau.
Pour déjeuner à la Muette
  Porte une langue de veau.

Vive, etc.

A l'église on voit la grisette,
  Prier Dieu bien saintement

l'Amour et Bacchus.

Air : Courage, frappons.

Nous, que chez Momus,
La gaîté rassemble,
Chantons tous ensemble
L'Amour et Bacchus !

J'entends déjà que l'on m'accuse
De traiter un sujet banal ;
En deux mots, voici mon excuse :
On a tout dit tant bien que mal.
Mais plus d'un écrit nous révèle,
Qu'à l'aide d'un esprit têtu,
Au sujet le plus rebattu,
On donne une grâce nouvelle.
Nous, que chez Momus, etc.

Nos éternels chants de victoire
Deviennent enfin superflus ;
On n'a jamais tant parlé gloire
Que depuis qu'on n'en acquiert plus ;

Nos jeunes preux vont à confesse;
D'eau bénite, nos vieux guerriers
Ont fait asperger leurs lauriers;
Au Panthéon on dit la messe,
  Nous, que chez Momus, etc.

L'opinion n'est point fixée
Sur la plupart des rois français;
On n'a qu'une même pensée
Quand il s'agit du Béarnais.
Dans tous les cœurs comme dans l'histoire,
Dans tous les temps comme aujourd'hui,
Au premier rang sera celui
Qui sut le mieux aimer et boire.
  Nous, que chez Momus, etc.

A ses longs travaux faisant trève,
Le créateur, content de soi,
Dit à l'homme en lui montrant Ève:
« Mon cher Adam, voilà pour toi!
« Jouis bien de ton apanage;
« Foi de Dieu, je t'en jure par
« Cette coupe de vieux nectar,
« Ta femme est mon plus bel ouvrage. »
  Nous, que chez Momus, etc.

Au beau sexe rendons les armes,
Et convenons à juste droit,
Que si la vie offre des charmes,
C'est à l'Amour qu'elle les doit.
Sans crainte j'en attends l'issue,
Et je rendrai grâce aux destins
Si je la perds entre deux vins,
Dans l'endroit où je l'ai reçue.

Nous, que chez Momus, etc.

Qu'un ministre de Cracovie
Expédie, en mauvais latin,
Un passeport pour l'autre vie
Au moribond ultramontain !
Je veux qu'à mon heure suprême,
Une prêtresse aux yeux d'azur
M'offre un verre de Volnay pur,
Pour me tenir lieu de saint-chrême.

Nous, que chez Momus,
La gaîté rassemble,
Chantons tous ensemble
L'Amour et Bacchus !

A. Saint-Gilles.

BONTÉ ET GAITÉ.

CHANSONNETTE DU VIEUX GENRE.

—

AIR : Vive un bon luron.

Panard, franc luron,
Amuse, intéresse :
J'en sais la raison ;
C'est qu'il est sans cesse
Bon,
Lan farira-dondaine,
Gai.
Lan farira-dondé.

Nargue du grand ton
D'un sot petit-maître ;
Vive un gros garçon
Qui sait toujours être

Bon,
Lan farira-dondaine,
Gai,
Lan farira-dondé.

Si j'aime Alison,
C'est que, pour me plaire,
Ce joli tendron
Est d'un caractère
Bon,
Lan farira dondaine,
Gai,
Lan farira-dondé.

Un drame à prison
Est soporifique;
Je hais un jargon;
J'aime le comique
Bon,
Lan farira-dondaine.
Gai,
Lan farira-dondé.

J'aime une chanson,
Quand je puis entendre

Couplet sans façon
Que Bacchus sait rendre
Bon,
Lan farira-dondaine,
Gai,
Lan farira-dondé.

Mais pour le sermon
Je suis tout de glace;
Il est triste et long;
J'attends qu'on le fasse
Bon,
Lan farira-dondaine,
Gai,
Lan farira-dondé.

J'aime le flacon;
Souvent je le nomme;
Voici ma raison:
Le bon vin rend l'homme
Bon.
Lan farira-dondaine.
Gai,
Lan farira dondé.

Notre hôte, dit-on,
Là-bas, nous réserve
De très-vieux Mâcon,
Or sus, qu'on le serve
Bon,
Lan farira-dondaine,
Gai,
Lan farira-dondé.

ARMAND-GOUFFÉ.

Après moi le Déluge.

Air ; Tous les bourgeois de Chartres.

Aux peines de la vie,
Voulez-vous résister ?
A ma philosophie
Il faut vous arrêter.
Ennemi déclaré du tracas, du grabuge
Je vis en vrai Roger-Bontems,
Et comme il vient, je prends le tems :
Après moi le déluge,

Sur la machine ronde,
Amis, que voyez-vous ?
Maint censeur qui vous fronde,
Des fourbes, des jaloux.
Hélas ! effrontément on vous trompe, ou
[vous gruge !
De tout cela, moi je me ris.
C'est que pour maxime j'ai pris :
Après moi le déluge.

Quand la fièvre m'attrappe
Au sortir d'un dîné.
L'élève d'Esculape
M'ordonne le séné. [fuge,
Vous vous moquez, docteur, avec ce fébri-
Bacchus m'en offre un, c'est le mien;
Si je n'en reviens pas, eh bien!
Après moi le déluge.

Je fais ma seule affaire
De chasser les ennuis :
A l'île de Cythère
J'aborde.... quand je puis. [juge;
Des disputes des rois je ne me rends point
Pourvu qu'on me laisse en repos
Ranger et vider mes tonneaux,
Après moi le déluge.

Après mon héritage,
Fruit de mes longs travaux,
Soupirent, je gage.
Tous mes collatéraux,
Empressé de jouir, chacun d'eux se
Moi, je ne me refuse rien, [l'adjuge :
Et si je mange tout mon bien,
Après moi le déluge.

La triste expérience
Vient nous prouver, hélas !
Qu'il faut sans résistance,
Déloger d'ici-bas.
Ainsi la mort sera notre dernier refuge.
Mais jusque-là buvons, chantons,
Et, sans la craindre, répétons :
Après nous le déluge.

M. C.R. Labitte.

Le Mari et la Sage-Femme

AIR: Tôt, tôt, carabo

Il était une dame,
Fraîche, ayant des couleurs
Et des mœurs.
Elle était sage-femme,
Et femme sage autant
Qu'à présent
On l'est, Dieu merci !....
Monsieur son mari,
Artiste et franc luron,
Et zon, zon, zon,
Et zon, zon, zon,
Jouait du violon.

C'était sa main savante
Qui conduisait le bal
Du Vauxhall ;

Et quand une cliente
Chez sa femme arrivait
En secret,
Pour lui redoutant
Les cris de l'enfant,
Notre homme, au même instant,
Et zon, zon, zon,
Et zon, zon, zon,
Jouait du violon.

Bien connue à la ronde,
Chère aux jeunes amants,
Aux mamans,
Suzon mettait au monde
Chaque jour un enfant,
N'en faisant
Qu'avec son mari,
Aussi
Celui-ci,
Pour la seule Suzon,
Et zon, zon, zon,
Et zon zon, zon,
Jouait du violon.

Mais dans le voisinage
Advint qu'un beau garçon,

Jeune et blond
Fit d'amoureux servage
Sa déclaration
A Suzon,
Qui dit : Taisez-vous ;
Craignez mon courroux.
Par bonheur, son époux,
Et zon, zon, zon,
Et zon, zon, zon,
Jouait du violon.

Sous une gimpe fine
Cachant son embonpoint
Qu'il n'a point,
Aux autels de Lucine
Notre amoureux la nuit,
S'introduit.
Et l'époux dit : Bon
Encore un poupon
Qu'on apporte à Suzon,
Et zon, zon, zon,
Et zon, zon, zon,
Jouons du violon.

Près de sa ménagère
Dans la chambre à côté,

Par bonté,
Il place l'étrangère ;
Quand il entend soudain
Un grand train....
Encore un tendron,
Qui fait à Suzon
Un tour de sa façon,
Et zon, zon, zon,
Et zon, zon, zon,
Jouons du violon.

Suzon, qui s'égosille,
Crie en vain : Mon ami,
Viens ici,
Ce n'est point une fille !
Au secours de Suzon
Mais viens donc ;
Car c'est un garçon.
— Un garçon, oui-da !
Tant mieux pour le papa.
Et zon, zon, zon,
Et zon, zon, zon,
Jouons du violon.

SCRIBE.

LE TAPAGEUR.

Air de la Monaco.

Chacun son goût, son agrément,
De scandale
Je me régale,
Tout embrouiller, ah! c'est charmant!
Le tapage est mon élément.

Du pavé je suis l'autocrate,
Aussi partout m'appelle-t-on
Le Grand-Mogol de la savate
Et le Saint-Georges du bâton.
Chacun son goût, son agrément, etc.

A coups de g....., à coups de pierres.
La nuit j'éveille les dormeurs,
Et pour le concert des gouttières,
Je suis l'*Estentor* des *Goipeurs* (1).
Chacun son goût, son agrément, etc.

(1) Chanteurs nocturnes.

Des émeutes, des algarades,
Je suis l'orateur, le patron,
Quand je dégoise mes tirades,
C'est pis que monsieur Cicéron.
Chacun son goût, son agrément, ect.

Dans les bagarres où je flotte,
Deux badauds se sont-ils cognés ?....
Pour me distraire j'asticote
L'empoigneur et les empoignés.
Chacun son goût, son agrément, etc.

Ai-je t'y trimbalé ma bosse
Dans les trois jours de bacchanal !!!
Les *blancs* n'étaient pas à la noce,
Tandis que moi j'étais t'au bal.
Chacun son goût, son agrément, etc.

Rue Honoré, traînant ma crampe,
J'ai pris un canon... en métal,
Fallait un *cadet* de ma trempe
Pour apprivoiser le *brutal*.
Chacun son goût, son agrément, etc.

Pour moi le grabuge est sublime,
Et quoique *faignant* par état,
Pour deux métiers j'ai de l'estime :
C'est l'artilleur et l'avocat.
Chacun son goût, son agrément, etc.

Le mardi-gras avec ma langue,
Dieu! qu'en poissarde je ressors!
Mon *gesse* et surtout mon *n'harangue*
Coupent la *guimbarde* aux plus forts.
Chacun son goût, son agrément, etc.

Ah! que ne suis-je en Angleterre,
Où l'on peut en narguant la loi,
Boxer un comte, un duc, un maire,
Et *loquer* les vitres d'un roi.
Chacun son goût, son agrément, etc.

Au poulailler, quand je m'installe,
Acteurs, public, tout est en l'air;
Je siffle à révolter la salle,
Le paradis est un enfer.
Chacun son goût, son agrément, etc.

Je voudrais, un jour de goguette,
Être bon Dieu rien qu'un moment,
Pour brouiller comme une omelette,
Le ciel, la terre et l'*tremblement*.

Chacun son goût, son agrément,
De scandale
Je me régale,
Tout embrouiller, ah! c'est charmant!
Le tapage est mon élément.

L. Festeau.

LES SOUVENIRS,

AIR : à faire.

Combien j'ai donce souvenance
Du joli lieu de ma naissence;
Ma sœur, qu'ils étaient beaux ces jours
De France!
O mon pays! sois mes amours
Toujours.

Te souvient-il que notre mère
Au foyers de notre chaumière,
Nous pressait sur son cœur joyeux,
Ma chère?
Et nous baisions ses blancs cheveux,
Tous deux.

Te souvient-il du lac tranquille
Qu'effleurait l'hirondelle agile,
Du vent qui courbait le roseau
Mobile,
Et du soleil couchant sur l'eau,
Si beau?

Ma sœur, te souvient-il encore,
Du château que baignait la Dore,
Et de cette vielle tour
Du Maure.
Où l'airain sonnait le retour
Du jour?

Te souviens-il de cette amie,
Tendre compagne de ma vie?
Dans les bois en ceuillant la fleur
Jolie,
Hélène appuyait sur mon cœur,
Son cœur.

Oh! qui me rendra mon Hélène,
Et ma montagne et le grand chêne?
Leur souvenir fait tous les jours
Ma peine,
Mon pays sera mes amours
Toujours.

De Chauteaubriand.

BACCHUS ET L'AMOUR.

AIR du confiteor.

J'aime Bacchus, j'aime Manon :
Tous deux partagent ma tendresse ;
Tous deux ont troublé ma raison
Par une aimable et douce ivresse : (*bis*)
Ah! qu'elle est belle! (*bis*) ah! qu'il est
bon!

C'est le refrain de ma chanson.
Quand le vin coule dans mon cœur,
Et que ma mignone est présente,
Je ressens une vive ardeur ;
Et dans un doux transport je chante :
Ah! qu'elle est belle, etc.

Nanette en me brûlant d'amour
Me rend le vin plus agréable,
Le vin, par un juste retour,
La rend à mes yeux plus aimable.
Ah! qu'elle est belle, etc.

En partageant ainsi mes vœux,
Mon cœur en est plus à son aise;
Quand il me manque l'un des deux,
L'autre me soulage et m'apaise.
Ah! qu'elle est belle, etc.

De Manon si j'avais le cœur,
Lui seul pourrait me satisfaire :
Mais ses refus ou sa rigueur
Me rendent le vin nécessaire.
Ah! qu'elle est belle, etc.

Des maux qu'elle me fait souffrir
C'est ce nectar qui me délivre :
Vingt fois elle m'a fait mourir ;
Vingt fois Bacchus m'a fait revivre.
Ah! quelle est belle, etc.

De Manon regardez les yeux,
Et goûtez bien ce doux breuvage ;
Quand vous les connaîtrez tous deux,
Amis, vous tiendrez ce langage :
Ah ! quelle est belle, etc.

PANARD.

MES RÊVES.

AIR : Beau petit ange aux blanches ailes.

A l'âge heureux où l'on échange
Sa paix contre les passions,
A mes regards apparut l'ange
Qui préside à mes visions.
Pour moi, sa baguette d'ivoire,
Alors évoqua tour-à-tour,
Et les brûlants rêves de gloire,
Et les songes riants d'amour.

Adolescent, par quel prestige
Veux-tu, dit-il, être charmé,
J'ai vu Zulmé, lui répondis-je,
Je l'aime et désire être aimé.
Ce bonheur là, tu peux m'en croire,
Remplira mon cœur sans retour;
Disparaissez, rêves de gloire;
Entourez-moi, songes d'amour.

Mais par Zulmé plus que légère,
Trop tôt hélas ! je fus quitté ;
J'avais vingt ans, un cri de guerre
Comme un défi nous fut jeté,
Les palmes qu'offre la victoire
Vinrent m'éblouir à leur tour :
Je m'écriai : Rêves de gloire,
Dispersez mes songes d'amour.

J'écoutai mieux.... c'était l'Ibère
Qui proclamait sa liberté ;
Devais-je suivre à la frontière
Les sbires de la royauté ?
Non, non d'un laurier dérisoire
Mon front pouvait rougir un jour,
Et je chassai rêves de gloire ,
Pour rappeler songes d'amour.

Bientôt après dans ma retraite ,
De nouveau mon ange apparut ;
A ton âme trop inquiète ,
Assignons, me dit-il, un but.
Suis les neuf filles de Mémoire....
Et depuis je leur fais ma cour.
Mêlant ainsi rêves de gloire
A mes légers songes d'amour

DALES aîné.

Le Caporal et le Conscrit.

AIR : de la Catacoua.

« Caporal, c'est moi que j'invite,
Faites-moi celui d'accepter ;
Je suis amoureux de c'te p'tite,
A qui je voudrais en conter ;
Mais pour lui décliner la chose.
Faudrait qu'un malin, comme vous
Vînt avec nous.
Et m'dise en d'sous,
Ce qu'on s'permet
Auprès de son objet ;
Ça me formerait que j'suppose ;
Caporal,
Je paie un régal. »

« Allons, Jean-Jean, si ça t'contente,
J'accepte l'invitation.
C'est ça ta p'tite ? elle est tentante
Je conçois l'inclination.

Donnez-moi votre bras, la belle :
Toi, Jean-Jean, march'derrière au pas.
Surtout n'va pas,
En aucun cas,
Faire un mouv'ment
Sans mon commandement.
Prends ma tournure pour modèle.
Caporal.
C'est l'point capital.

« Il faut entrer dans c'te guinguette;
Nous rafraîchir me semble urgent;
Faut être galant près d'une fillette :
Garçon, du vin !.. Verse, Jean-Jean,
Vois comme ta belle a l'air tendre;
Tiens, v'là comme on prend un baiser;
Pour t'amuser,
Faut supposer
Qu'c'est toi, Jean-Jean,
Qui l'embrasse à présent;
Admire comm'je sais m'y prendre.
— Caporal,
C'est original. »

« Mais je crois qu'j'entends d'la musique,
Belle enfant, nous allons walser,
Au bal je suis bon là, j' men pique;
Jean-Jean, tu nous verras passer!

Pendant qu'à ta particulière
Je vais montrer mon abandon,
Prends un'leçon,
Comme un tonton,
Tourne tout seul
Autour de ce tilleul;
Moi, j'vais fair'tourner c'te p'tit'mère.
— Caporal.
Ne vous fait's pas d'mal.

Jean-Jean, avec obéissance,
Sans s'arrêter tourne toujours,
Après une assez longue absence
On lui ramène ses amours :
« Tiens, Jean-Jean, pour le badinage
V'là ton objet bien disposé,
J'ai tant pressé,
Tant courtisé,
Qu'à c't'heur'mon p'tit,
En avant... Et suffit !
Pour toi, je me suis mis en nage,
— Caporal,
Vous êtes sans égal.»

Paul. De Kock.

La Chaumière et le Château.

AIR de Garaude.

Vois-tu là-bas sur la colline
Ce beau château,
Et la chaumière qui domine
Ce vert coteau?
Dans l'un habite l'opulence
Et la douleur;
Dans l'autre habite l'innocence
Et le bonheur.

Vois-tu dans cette galerie,
Ce grand seigneur,
Et dans la riante prairie,
Ce bon pasteur?
L'un fuyant triste souvenance,
Ne dort jamais;
L'autre bercé par l'espérance,
Repose en paix.

Vois-tu près de sa demoiselle
Ce damoiseau ?
Vois-tu près de sa pastourelle
Ce pastoureau ?
L'un, aimable, adroit et volage,
Sait mieux charmer ;
L'autre, simple comme au village,
Sait mieux aimer.

N'envions pas son opulence
Au grand seigneur,
Conservons plutôt l'innocence
Du bon pasteur.
Comme les amants du village
Aimons toujours,
Et nous verrons sans nul orage
Couler nos jours.

Saint-Hilaire.

AU CABARET.

AIR : connu.

A boire je passe ma vie,
Toujours joyeux, toujours content,
Ma bouteille est ma bonne amie,
Et je suis un amant constant;
Au cabaret j'attends l'aurore.
Du vin tel est l'heureux effet,
La nuit souvent me trouve encore
Me trouve encore au cabaret. (bis.)

Si touché de quelques alarmes,
Mon cœur supporte le chagrin,
Sitôt mes yeux versent des larmes,
Mais ce sont des larmes de vin;
Je bois, je bois à longue haleine,
Du vin tel est l'heureux effet,
Le malheureux n'a plus de peine,
N'a plus de peine au cabaret.

Si j'étais maître de la terre,
Tout homme serait vigneron ;
Au dieu d'amour toujours sincère,
Bacchus serait mon Cupidon ;
Je ne quitterais plus sa mère,
Et de ma cour un juste arrêt,
Ferait du temple de Cythère,
Oui de Cythère un cabaret.

Auteurs, qui courez à la gloire,
Bien boire est mon premier talent ;
Bacchus au temple de mémoire,
Obtient toujours le premier rang ;
Un tonneau, voilà mon Pégase,
Pour lyre un large robinet,
Et je ferais du Mont-Parnasse,
Du Mont-Parnasse un cabaret.

La vraie Philosophie.

Air connu.

Vive le vin, vive l'amour !
Amant et buveur tour-à-tour,
Je brave la mélancolie ;
Jamais les peines de la vie
Ne me coûteront de soupirs,
Avec l'amour je les change en plaisirs,
Avec le vin je les oublie.

SEDAINE.

FIN

www.ingramcontent.com/pod-product-compliance
Ingram Content Group UK Ltd.
Pitfield, Milton Keynes, MK11 3LW, UK
UKHW020248220726
13923UKWH00002B/864

9 782329 057859